Son sale entraîneur
St jean

This is a work of fiction. Similarities to real people, places, or events are entirely coincidental.

SON SALE ENTRAÎNEUR

First edition. September 5, 2024.

Copyright © 2024 St Jean.

ISBN: 979-8227273277

Written by St Jean.

Also by St Jean

Match impitoyable
L'homme méchant
Rebondissant
Son sale entraîneur

En tant qu'entraîneur de football très demandé, j'ai la réputation d'être strict, sérieux et le meilleur pour mettre en forme une équipe.

Le premier jour où je travaille au Crestview College, la capitaine de l'équipe de football féminin, Iris Reed, arrive en retard. Je dois montrer à l'équipe que je ne tolérerai aucun relâchement, alors je la retiens pour lui faire faire des exercices jusqu'à ce qu'elle apprenne sa leçon.

Mais Iris n'est pas juste une joueuse comme les autres.

Elle est dans une catégorie à part.

Elle me touche, m'attire comme personne d'autre ne l'a jamais fait.

Dès le premier jour, c'est clair pour moi.

Elle n'est pas juste une joueuse que je dois entraîner.

Elle est à moi.

Nous ne pouvons pas rester loin l'une de l'autre, et elle fait ressortir un côté possessif de moi dont j'ignorais l'existence.

Mais notre relation mettra-t-elle en danger mon travail et son rêve de devenir professionnelle une fois diplômée ?

Chapitre 1

Le Crestview College me regarde fixement alors que je sors de la voiture et que je mets mon sac sur mon épaule. J'expire, redressant ma colonne vertébrale tandis que je me dirige vers mon nouveau bureau. Aujourd'hui est mon premier jour officiel en tant qu'entraîneur de l'équipe féminine de football de Crestview, une équipe qui, m'a-t-on dit, est sur le point de remporter le championnat dans quelques mois. Enfin, ils le seraient s'ils avaient un bon entraîneur pour les pousser comme il faut pour y parvenir.

C'est pour ça que je suis ici après tout.

Je me dirige vers mon bureau, en remarquant les vitrines remplies des réalisations des étudiants au fil des ans. C'est assez calme, déjà en milieu de matinée, donc la plupart des autres membres du personnel et des étudiants sont en cours. J'apprécie cependant le calme avant le chaos. Mon bureau est dans le bâtiment le plus proche des terrains et du centre sportif et il est assez petit. C'est bien, étant donné que la plupart de mon travail se fera à l'extérieur de toute façon. Je pose mon sac sur le bureau vide, le dézippe et déballe le peu que j'ai emporté avec moi. Quelques cahiers et dossiers, une tablette pour filmer les entraînements et prendre des notes sur le terrain...

Je m'arrête tandis que mes doigts se referment sur le dernier objet, le seul élément de décoration que j'ai apporté pour accrocher dans le bureau. Lentement, je le soulève, les bords du cadre en bois s'enfonçant dans la paume de ma main alors que je le saisis. Ma gorge est serrée, mais mes yeux sont secs tandis que je fixe l'image derrière la vitre. Mon propre visage me regarde en retour, boueux et en sueur, un sourire si large que mes yeux sont plissés. Mes mains sont en l'air, mon corps écrasé entre les corps de mon équipe. Je peux pratiquement entendre les acclamations et les cris d'excitation même maintenant.

Le souvenir est aussi heureux que dévastateur. Ma poitrine brûle d'un mélange d'émotions. Ma main est stable mais mes jointures sont blanches à cause de la force avec laquelle je tiens la photo. C'est le dernier match de compétition auquel j'ai participé, le match qui nous a fait gagner notre championnat universitaire il y a six ans.

Ma mâchoire se serre lorsque je pose la photo à côté de l'ordinateur, comme motivation ou comme rappel, je ne peux pas en être sûr. Quoi qu'il en soit, elle me semble importante à avoir avec moi. Au moins, c'est une preuve visuelle de la raison pour laquelle je fais ce que je fais. Entraîner est un travail, bien sûr, mais c'est aussi la seule façon pour moi de rester en contact avec le jeu que j'ai aimé toute ma vie. C'est une passion. C'est dans mon sang.

J'ai la réputation d'être un entraîneur strict et pragmatique. Et si je suis honnête, cette réputation est fondée. Je ne remporte peut-être aucun concours de popularité auprès de mes joueurs, mais personne ne peut nier que j'obtiens des résultats. Je me fiche qu'ils m'aiment. Je me soucie qu'ils m'écoutent. Je me soucie qu'ils gagnent.

C'est quelque chose que l'équipe de Crestview est sur le point d'apprendre.

Je jette un coup d'œil à l'horloge, réalisant qu'il me reste dix minutes avant de rencontrer l'équipe sur le terrain. Je sors, voulant arriver tôt pour établir le niveau que j'attends des joueurs.

Grâce à l'emplacement idéal de mon bureau, il ne me faut que cinq minutes pour me rendre sur le terrain et je suis agréablement surpris de constater que quelques joueurs de l'équipe m'attendent déjà.

Je leur fais un signe de tête tandis qu'ils se présentent, attendant que le reste de l'équipe arrive avant de me présenter correctement. Deux minutes après l'heure, il y a vingt-quatre joueurs devant moi. Il en manque un. L'irritation me parcourt la peau, mais je commence quand même à me présenter.

« Enchanté de vous rencontrer tous », je commence en hochant la tête vers les joueurs devant moi. « Je suis l'entraîneur Thomson et je suis ici pour m'assurer que Crestview se qualifie pour le championnat cette année. Notre premier match de qualification est dans moins d'un mois, donc j'ai besoin de savoir avec quoi nous travaillons. Aujourd'hui, vous allez courir à travers une série de... »

Le bruit de pieds frappant le sol alors que quelqu'un court m'interrompt. Je jette un coup d'œil sur le côté, trouvant ma joueuse absente se précipitant avec un sourire totalement sans excuse sur son visage. Ses cheveux blonds sont attachés en queue de cheval en bataille et sa tenue est froissée et nouée comme si elle venait de l'enfiler. Son short lui arrive à mi-cuisse, révélant des jambes bronzées et toniques parsemées de bleus. Son t-shirt est trop grand pour elle, le décolleté plongeant pour révéler la courbe de son soutien-gorge de sport en dessous.

Mon regard plissé la balaie, absorbant chaque détail. Mon cœur bat fort contre mes côtes et l'irritation que j'ai ressentie à son interruption se bat contre un désir rageur.

Mais qui est cette fille ? Et pourquoi tout mon corps réagit-il à elle ?

« Oups, désolée ! » crie la femme d'une voix lumineuse et joyeuse alors qu'elle se met en place à côté du reste de l'équipe. Ses joues sont un peu rouges à force de courir, mais son sourire reste en place même lorsque je la fusille du regard.

« Tu es en retard », dis-je, gardant un ton égal et fade pour tenter de cacher la réaction que j'ai à son égard. De toute ma vie, je n'ai jamais eu une réaction aussi viscérale envers quelqu'un auparavant. C'est comme si mon monde entier basculait sur son axe.

« Seulement cinq minutes », argumente-t-elle en haussant les épaules, comme si cela n'avait aucune importance.

Cela ne fonctionnera pas avec moi. « Quel est ton nom et ton poste ? » je rétorque sèchement, croisant les bras sur ma poitrine. Le reste de l'équipe se traîne sur ses pieds, sentant la frustration dans ma voix, mais cette fille ne baisse même pas son sourire.

« Iris », se présente-t-elle, ses yeux bleu foncé étincelant alors qu'elle croise mon regard. « Iris Reed. Je suis attaquante et capitaine d'équipe. »

Je hausse un sourcil. « Capitaine, et pourtant tu n'as pas la discipline de base pour arriver à l'heure ? » je demande, entendant quelques autres femmes murmurer à voix basse alors que la tension entre Iris et moi monte. Elle ouvre ses lèvres charnues, probablement pour me donner plus de répliques qu'elle n'a clairement pas peur de débiter, mais je l'arrête et m'adresse à toute l'équipe.

« Ce manque de discipline et d'engagement ne suffira plus maintenant que je suis là », leur dis-je à toutes, ravie de voir que beaucoup d'entre elles hochent respectueusement la tête. « Si vous voulez gagner cette saison, vous devez travailler dur et prouver que vous avez ce qu'il faut. Pensez-vous que les vainqueurs de championnat arrivent en retard au match, hein ? Pensez-vous que leur capitaine montre si peu de respect à son équipe qu'il ne prend même pas la peine de montrer un véritable engagement ? »

Je vois Iris se hérisser, son sourire s'estompant enfin alors que son regard se durcit. Je me concentre à nouveau sur elle, la fixant du regard. « Vous resterez après l'entraînement et ferez des exercices supplémentaires en guise de punition. »

« Mais... »

« À moins que vous n'admettiez votre manque d'engagement envers l'équipe et que vous vouliez transmettre votre titre de capitaine à un autre joueur ? » demandai-je. Normalement, je ne pousserais pas autant une nouvelle équipe le premier jour. Mais il y a quelque chose chez cette fille qui me donne envie de jouer avec elle. La façon dont elle n'a pas peur de me répondre, l'impertinence dans sa voix, le défi dans ses yeux bleus. Je suis attiré par cela par instinct, une part sombre de moi-même s'élevant en réponse.

« Non, Coach », répond Iris, les mots clairement prononcés entre ses dents serrées. Il y a une étincelle dans ses yeux, comme si elle me mettait au défi. Comme si elle était sûre de gagner. Le côté compétitif de moi répond avec empressement, et putain, j'ai soudain envie de voir cette femme céder à moi. À genoux.

Putain ! Je ne devrais pas penser comme ça. Je suis sûr qu'il y a une sorte de règle qui dit de ne pas fantasmer sur la femme que j'ai été embauché pour entraîner. Mais en la regardant de haut, je me rends compte que je me fous complètement de toutes ces règles.

« Bien », dis-je, en me retenant physiquement de prononcer la phrase complète « bonne fille ». Je détourne les yeux d'elle, réalisant que j'ignorais le reste de l'équipe tout en étant pris dans les nuages de brume d'Iris autour de moi. « Maintenant, si votre capitaine a fini de nous faire perdre tout notre temps, commençons. Cinq tours de terrain ! »

Chapitre 2

IRIS

Quand on nous a dit que nous allions avoir un nouvel entraîneur, je n'aurais jamais imaginé quelqu'un comme l'entraîneur Thomson. Et par là, je veux dire quelqu'un d'aussi sexy. Sérieusement, cet homme est attirant comme un mannequin de couverture, avec le genre d'apparence rude et robuste devant laquelle je ne peux m'empêcher de baver.

Il est grand, plus d'un mètre quatre-vingts, c'est sûr, et aussi en forme que s'il était le joueur ici. Je peux voir les muscles de son ventre se contracter à travers le t-shirt qu'il porte, et quand il croise les bras, ses biceps se gonflent. Il porte un pantalon de survêtement mais je sais sans l'ombre d'un doute que ses jambes doivent être aussi toniques que le reste de son corps. Combinez un physique parfait avec une mâchoire pointue comme l'enfer, des yeux bleus brillants, des cheveux bruns courts et une pointe de barbe naissante et il est pratiquement l'homme de mes rêves.

Malgré l'attitude et l'aversion évidente qu'il a pour moi, je ne suis pas moins attirée par lui pour autant. En fait, le faire tourner en bourrique est mon nouveau jeu préféré. Il est évidemment un dur à cuire et a des normes élevées, mais s'il s'attend à ce que je me range et que je m'incline devant son pouvoir, alors il a autre chose à venir. Je souris à cette pensée, sentant ses yeux sur moi alors que nous effectuons les exercices qu'il nous aboie. Il pourrait remettre en question mes capacités à être le capitaine à cause du fait que j'ai eu quelques minutes de retard, mais je vais lui prouver le contraire. Je me soucie de cette équipe plus que de toute autre chose, et je vais le lui faire comprendre.

Quand nous avons fini de faire les exercices, nous sommes tous en sueur et essoufflés, mais je plaque un sourire sur mon visage tandis que nous nous alignons devant l'entraîneur comme si rien de tout cela ne me dérangeait. Le tic de sa mâchoire tandis que ses yeux me parcourent est tellement satisfaisant.

« Tout le monde sauf Iris, vous êtes renvoyés », lance l'entraîneur Thomson, et après quelques tapes de pitié dans le dos, l'équipe quitte le terrain en courant vers les vestiaires.

Je soupire, croise les bras sur ma poitrine et appuie mon poids sur mon pied gauche. Je lève un sourcil vers lui, sentant une bouffée d'anticipation tourbillonner en moi. Va-t-il se disputer verbalement à nouveau avec moi ? Combien de boutons vais-je encore pouvoir appuyer sur lui ? Mon sourire s'élargit.

« Tu ne peux tout simplement pas en avoir assez de moi, hein, Coach ? » je le taquine.

Il se moque, me fixant d'un regard qui envoie de l'adrénaline dans mes veines. « Ne te flatte pas », dit-il sèchement. « Tu dois apprendre à te respecter. »

« Tu dois gagner mon respect, alors », répondis-je facilement, aimant la façon dont la frustration durcit ses traits. Mon Dieu, il est si facile à agacer. « Si tu vas utiliser mon prénom, alors je pense qu'il est juste que je puisse utiliser le tien aussi. Isaac, n'est-ce pas ? »

Je vois la surprise écarquiller ses yeux. Oh oui, je sais qui il est. Isaac Thomson est bien connu pour ses méthodes pour mettre les équipes en forme, et bien que les murmures que j'ai entendus à son sujet ne soient guère flatteurs, il est indéniable qu'il obtient des résultats.

« Personne ne t'a jamais dit de surveiller tes paroles ? » demande-t-il sombrement, le grondement dans sa voix me faisant frissonner.

« Tout le temps », répondis-je joyeusement. « Mais personne n'a jamais réussi à me faire le faire. »

Il reconnaît que c'est un défi de faire un pas de plus vers moi. Mon souffle s'arrête à cause de cette proximité. Pendant une longue seconde, nous nous regardons simplement, la tension montant rapidement et chaudement entre nous jusqu'à devenir presque insupportable.

Il doit aussi ressentir l'attraction de cette attirance, n'est-ce pas ? Parce qu'elle submerge mon cerveau, court le long de ma peau, s'installe entre mes jambes. Mon esprit évoque toutes les façons dont je pourrais le taquiner, toutes les façons dont je pourrais m'entraîner avec lui jusqu'à ce que nous soyons tous les deux essoufflés et sans cervelle. Je traîne les pieds, serrant mes cuisses l'une contre l'autre. Son regard baisse, remarquant le mouvement. Ses yeux s'assombrissent lorsqu'il les relève pour rencontrer mon regard.

Pendant une seconde, je pense qu'il pourrait m'embrasser. Mais au lieu de cela, il recule et m'ordonne de répéter tous les exercices que j'ai déjà faits. Je lève le menton, refusant de montrer une once de faiblesse, et je m'éloigne en courant, déterminée à lui faire mes preuves. Une

demi-heure plus tard, il y a une pointe de respect dans son regard, et malgré la fatigue qui m'alourdit à cause de tous ces efforts, je ressens une pointe de satisfaction.

Isaac me suit jusqu'à l'entrée des vestiaires, rôdant vers moi. Je m'arrête dehors, attendant qu'il soit assez près pour lui parler.

Les mains sur les hanches, je lui souris. « Alors ? Ai-je fait assez pour faire mes preuves ? »

Le coin de sa bouche se lève pendant une fraction de seconde, une fissure dans son armure qui ne peut m'empêcher de sourire. « Peut-être », répond-il, la voix basse et sombre.

Malgré la fatigue de tous les exercices, mon corps s'illumine à son ton. Je ris, secouant la tête. « Si ce n'était pas suffisant, qu'est-ce que je dois faire pour arriver jusqu'à toi pour être en retard alors ? Te sucer la bite ? »

Les mots sortent de ma bouche avant même que mon cerveau ne réalise ce que je dis, mais je les maintiens. L'attitude d'Isaac attire la mienne à jouer, et je n'ai aucun moyen de garder mon impertinence sous contrôle. Pendant une fraction de seconde, je me demande si je ne suis pas allé trop loin. Un regard sombre traverse le visage de Coach, et il fait un pas en avant. Par réflexe, je recule, me pressant contre la porte du vestiaire. Il y a à peine un pouce d'espace entre nous.

« Ce serait un début », grogne-t-il.

Comme ses mots m'électrocutent, toutes mes terminaisons nerveuses s'animent. Logiquement, cela ne devrait pas m'exciter. C'est mon putain d'entraîneur, bon sang ! Et depuis que nous nous sommes rencontrés, il y a à peine quelques heures, il n'a fait que me punir et m'énerver. Mais c'est pourquoi je suis si attirée par lui.

Les joutes verbales me donnent une poussée d'adrénaline semblable à celle d'une victoire. C'est enivrant. Nous sommes les deux faces d'une même pièce, lui une force obscure avec laquelle il faut compter, et moi pleine d'une rébellion rebelle que personne n'a encore réussi à dompter. J'ai le sentiment étrange que si quelqu'un y parvenait, c'est Isaac Thomson. Et mon Dieu, j'ai vraiment envie de savoir si j'ai raison.

Alors au lieu d'essayer de désamorcer la chaleur entre nous comme le ferait toute femme sensée et logique, je l'attise encore plus. Ma main se pose entre nous, les doigts parcourant sa poitrine, sentant les muscles structurés de ses pectoraux et de ses abdominaux tandis que je dirige mon toucher vers le sud. Je maintiens son regard et accroche deux doigts à la ceinture de son jogging, mon toucher taquin. Un défi. Est-ce qu'il aboie tout, ou va-t-il mordre ?

Il ne déçoit pas.

Isaac se penche en avant, la main appuyée sur la porte derrière moi, l'ouvrant. Je trébuche en arrière alors que la porte du vestiaire s'ouvre et que lui et moi trébuchons à travers. Heureusement, cela fait si longtemps que les autres ont été renvoyés que le vestiaire est vide et silencieux.

C'est comme si le fil tendu entre nous s'était rompu. Alors que la porte se refermait derrière nous avec un bruit de choc, nos lèvres se rencontraient dans un baiser gourmand et exigeant qui volait chaque particule d'air de mes poumons. Toute la frustration que nous avons ressentie l'un pour l'autre au cours des deux dernières heures se déversait dans la pression de nos bouches, l'enchevêtrement de nos langues et nos dents qui mordillent.

Les doigts d'Isaac se faufilent dans ma queue de cheval, tordant les cheveux dans sa prise. Mon cuir chevelu pique un peu lorsqu'il tire, et je halète, la chaleur me parcourant à cause de sa manipulation brutale et forte. Il se retire, les pupilles dilatées alors que son regard fixe le mien.

« Ne fais pas de menaces que tu ne mettras pas à exécution, Iris », dit Isaac, me faisant frissonner.

Il me faut une minute pour comprendre ce qu'il veut dire, tellement grillé par le baiser que mes habituelles répliques rapides ne parviennent pas à se lever en réponse. Le souvenir de mes propres provocations remplit mon cerveau.

Que dois-je faire pour arriver jusqu'à toi pour être en retard alors ? Te sucer la bite ?

Je lui souris, me penchant dans la prise qu'il a sur mes cheveux, savourant ça. "Je ne le fais pas", je lui réponds, observant la façon dont la surprise écarquille légèrement ses yeux.

Voulant le pousser plus loin, je garde mes yeux fixés sur les siens et m'effondre à genoux. Le sol carrelé est froid et dur sous mes genoux alors que je m'installe en position. Isaac n'a pas desserré son emprise sur moi et j'espère qu'il ne le fera pas. Je veux qu'il perde le contrôle, qu'il cède comme je sens qu'il le veut. Je n'ai jamais ressenti quelque chose comme ça auparavant, comme si être à genoux dans le vestiaire pour mon nouvel entraîneur était juste... bien.

"Putain, Iris", grince Isaac, et je frissonne à la façon dont il prononce mon nom. Il doit voir la détermination dans mes yeux parce qu'il frémit un soupir avant que ce masque familier de stricte et de contrôle ne glisse sur son visage. Il me tire un peu, me tirant plus près de lui pour que mon visage soit au niveau de la bosse dans son pantalon. « Sors ma bite. »

L'ordre est aussi enivrant que notre conversation, et je fais ce qu'il dit sans me battre. Peut-être que pour n'importe qui d'autre, j'aurais répliqué à cette demande, mais ici ? Ici, je veux prouver que je suis une femme de parole. Je veux lui montrer exactement pourquoi il ne devrait pas me sous-estimer. Je veux le détruire.

Je baisse son pantalon et halète en le prenant pour la première fois. Longue et épaisse, sa bite est aussi ridiculement parfaite que le reste de son corps.

La main libre d'Isaac prend mon menton, son pouce parcourant ma lèvre inférieure. « Ouvre », ordonne-t-il, et je le fais, laissant ma mâchoire s'ouvrir en grand.

Lentement, comme s'il savourait cela autant que moi, il pousse sa bite entre mes lèvres, remplissant ma bouche jusqu'à ce qu'il touche le fond de ma gorge. J'avale ma salive autour de lui, inspirant par le nez pour ne pas avoir de haut-le-cœur.

« Maintenant suce », grogne-t-il.

S'il était possible de sourire avec la bouche si pleine, je l'aurais fait. Au lieu de cela, je me contente de suivre ses instructions.

Un gémissement rauque sort de la bouche d'Isaac alors que j'enroule mes lèvres autour de lui et creuse mes joues, me penchant davantage en avant pour le prendre directement à la base. En quelques secondes, je trouve mon rythme, hochant la tête, aidée par sa prise sur mes cheveux.

« Mon Dieu, Iris, ta bouche a vraiment été faite pour le péché », gémit mon coach alors que je maintiens mon rythme, faisant glisser ma langue le long de la base de son sexe alors que je me retire, juste pour le prendre dans ma gorge une fois de plus. « Putain, tu vas me faire jouir. »

Je fredonne autour de lui pour l'encourager, absolument d'accord avec ce plan. Le côté rauque de sa voix me fait chaud au cœur, une pulsation de besoin s'installant entre mes cuisses. Son contrôle strict disparaît sous mon toucher, et j'adore ça.

Il m'avertit avec un autre ordre avant de se briser complètement. « Avale-le, Iris », grogne-t-il, les mots ressemblant plus à un gémissement qu'à une exigence d'acier.

Je lève les yeux vers lui à travers mes cils, une chaleur en fusion parcourant mon corps alors que je vois le désir absolu dans ses traits. Il me fixe avec quelque chose comme de la crainte dans les yeux, et même si je suis à genoux pour lui, je ne me suis jamais sentie aussi puissante.

Je gémis et prends sa bite aussi profondément que je peux, l'entendant gémir alors que sa main se resserre dans mes cheveux. Il vient dans une ruée chaude, dans ma gorge et recouvre ma langue. J'avale alors qu'il se retire, s'assurant d'en prendre chaque goutte.

Nous sommes tous les deux haletants en nous regardant.

"Je savais que ta bouche de sale gosse serait paradisiaque", gémit-il en me tendant la main. Il me tire sur mes pieds, mais avant que je puisse retrouver mon équilibre, il nous fait tourner, me faisant descendre sur le banc derrière lui. "Maintenant c'est mon tour. Dis-moi, ma jolie petite salope, es-tu mouillée à force de sucer ma bite, hein ?"

Personne ne m'avait jamais appelé comme ça auparavant, et même si je rougis de honte à l'idée de ce terme, tout mon corps s'illumine de plaisir. C'est dégradant, mais j'aime ça. Il le dit avec une envie qui coule des mots.

Il me tire vers le bord du banc, de sorte que mes jambes pendent par-dessus. Isaac accroche ses doigts à la ceinture de mon short et de ma culotte, mais s'arrête, me regardant dans les yeux. Je lui fais un petit signe de tête, acceptant tout ce qu'il veut me faire. Je suis tellement folle de désir que je me fiche que nous soyons dans un vestiaire où n'importe qui pourrait entrer et nous surprendre, ou que je fasse ça avec mon entraîneur. Au contraire, ça ne fait que rendre les choses plus excitantes.

En quelques secondes, il me met nue de la taille aux pieds, les mains en coupe autour de mes cuisses et m'écartant largement pour lui. Je peux sentir à quel point je suis mouillée pour lui, et je sais qu'il doit pouvoir le voir aussi.

« Mon Dieu, Iris, tu vas me tuer », gémit Isaac, s'agenouillant au bout du banc et se penchant en avant pour embrasser ma cuisse. Je frissonne, désespérée qu'il me touche. « Même si mourir entre tes jolies cuisses est une bonne façon de mourir. »

Je halète alors qu'il me lèche, sa langue plongeant en moi avec avidité, me léchant, me goûtant et me dévorant.

« Tu as le même goût que moi », gémit Isaac, et je me cambre sur le banc, sans me soucier des lattes de bois qui s'enfoncent dans mon dos. Je ne ressens presque rien, à part l'euphorie de la bouche d'Isaac sur moi. « Dis-le, Iris. »

« Le tien », je halète, heureuse de lui répondre tant qu'il n'arrête pas de faire des cercles autour de mon clitoris avec sa langue.

« Mon quoi ? » pousse-t-il, se retirant pour que son souffle effleure mon clitoris en manque d'affection. Je suis si proche. J'ai besoin de jouir. J'ai besoin qu'il me fasse jouir

« Ta petite salope », je gémis. Les mots me semblent justes. En ce moment, avec lui entre mes jambes et son goût recouvrant toujours ma langue, je suis à lui. Je veux être à lui. Cette attirance que nous avons l'un pour l'autre est irrésistible et aucun de nous ne veut la combattre.

« Bonne baiseuse », grogne-t-il, envoyant des étincelles de bonheur à travers moi.

En récompense, il baisse à nouveau la tête, prend mon clitoris entre ses lèvres et le suce. Je crie son nom, incapable de me taire, indifférente à savoir si quelqu'un m'entend parce que rien d'autre n'existe à cet instant à part lui. Mon orgasme me déchire, une bouffée de soulagement et de bonheur, et Isaac garde sa tête entre mes jambes, suçant et léchant jusqu'à ce que je gémisse de surstimulation.

Isaac s'éloigne, et je le regarde lécher l'éclat de ma libération sur sa bouche, mon cœur battant si vite que je peux entendre mon sang se précipiter dans mon corps. Doucement, il m'aide à remettre mes sous-vêtements et mon short, m'offrant sa main pour m'aider à me lever. Je vacille un peu sur mes pieds, levant les yeux au ciel quand il rigole.

« Je pensais ce que j'ai dit, Iris », murmure-t-il, la voix calme mais sombre comme toujours. Il tend la main vers moi, prend mon menton entre son pouce et son index, me tenant captive de son regard. « Tu es à moi. »

« Au moins, je sais que je ne suis pas la seule à ressentir cette... attraction », dis-je avec un reniflement, souriant. « Si je suis à toi, ça veut dire que tu es à moi aussi. »

La bouche d'Isaac se soulève d'un côté dans un sourire narquois. Son pouce balaie ma lèvre inférieure, et je la mordille entre mes dents, souriant. Il fait une grimace.

« Mon petit morveux », dit-il en secouant la tête. « Ne pense pas que cela signifie que tu auras un traitement spécial sur le terrain. »

Je lui fais une grimace. « Je n'en rêverais pas, Coach. »

Il grogne à cela, et je souris. Je vais tellement m'amuser à le taquiner.

« Donne-moi ton téléphone », dit-il, et je me dirige vers mon casier pour le chercher. Il entre son numéro avant de me le rendre. « Juste au cas où tu aurais besoin d'autres exercices supplémentaires », taquine-t-il, laissant son regard errer sur mon corps. Je frissonne sous son attention, mon corps revenant à la vie comme s'il ne m'avait pas déjà détruit avec un orgasme.

« À bientôt », je crie, attrapant mes affaires dans mon casier, ayant besoin de me changer et de me précipiter vers le cours auquel j'étais définitivement censée assister il y a un moment. Je suis plus que en retard, mais je m'en fiche. Ça en vaut la peine.

« À bientôt, petit morveux », marmonne-t-il, me lançant un dernier regard passionné avant de se retourner et de sortir du vestiaire.

Chapitre 3

ISAAC Dès que

j'arrive dans mon bureau le lendemain, je tape le nom d'Iris dans la base de données des étudiants. La seule chose à laquelle je pouvais penser après hier était elle. Elle s'est glissée dans mon esprit et mon cœur et y a élu domicile. Peu importe à quel point je sais que je devrais regretter ce qui s'est passé entre nous, d'un point de vue professionnel, je ne peux pas. Je ne regrette rien de tout cela. Je veux retrouver son goût dans ma bouche, je veux ses lèvres sur moi, je veux la sentir partout.

Heureusement, je n'aurai à attendre que quelques heures avant de la revoir. Je me sens comme un homme possédé, poussé non par l'excitation de commencer un nouveau travail mais par l'idée de revoir la capitaine de l'équipe.

Iris. Ma petite gamine chérie.

L'ordinateur met une seconde à charger, mais il apparaît ensuite avec plusieurs résultats. Le numéro d'inscription d'Iris et ses informations de base que je connais déjà – elle a six ans de moins que moi, à vingt-deux ans, et bénéficie d'une bourse de football. Il y a aussi de nombreux articles de journaux locaux et étudiants sur elle et l'équipe, la félicitant pour les avoir menées à la victoire ou l'interviewant sur son talent.

C'est une athlète exceptionnelle. C'est une évidence, non seulement à la lecture des articles mais aussi à la façon dont je l'ai regardée s'entraîner hier. Je n'ai aucun doute qu'elle deviendra professionnelle après avoir obtenu son diplôme dans quelques mois seulement, et pour la première fois depuis la blessure qui a ruiné ma propre carrière, je ressens une véritable excitation à l'idée qu'une autre personne puisse vivre mon rêve, sans être touchée par une quelconque jalousie amère. Je veux ce qu'il y a de mieux pour elle. Je veux qu'elle réussisse. Je veux faire tout ce qu'il faut pour l'aider, être à ses côtés quand elle y arrivera.

Iris Reed me tient par le bout du doigt, et putain, ça ne me dérange même pas.

Je tape du doigt sur le bord de mon bureau en réfléchissant. Il y aura des recruteurs aux grands matchs de cette saison, y compris le championnat. Notre match de qualification pour la finale aura lieu dans quelques semaines. Si Iris veut avoir les meilleures chances de devenir pro, je dois m'assurer que nous atteignons le championnat. Je dois m'assurer que nous gagnions.

Le fil de mes pensées est interrompu par la sonnerie de mon téléphone. Je baisse les yeux et vois le nom d'Iris apparaître sur l'écran. Immédiatement, j'ouvre le message. Je lui ai envoyé un message plus tôt pour confirmer l'heure de l'entraînement à 15 heures afin de m'assurer qu'elle ne serait pas à nouveau en retard. Sa réponse me fait sourire.

Iris : 15 heures précises. Je m'excuserai sincèrement si je suis à nouveau en retard ;)

Moi : Ne sois pas en retard, tout d'abord.

Iris : Oui, monsieur.

Son dernier message contient un GIF de quelqu'un saluant la caméra, et je ne peux m'empêcher de rire. C'est un miracle que tant d'impertinence puisse tenir dans sa petite silhouette. Comment diable parvient-elle à me toucher aussi facilement ? Beaucoup de gens ont essayé, mais personne n'a jamais réussi à m'atteindre comme elle. Il y a quelque chose chez elle, quelque chose d'unique et d'irrésistible et fait pour moi. Elle est faite pour moi. Je me force à poser le téléphone et à me concentrer sur le travail, en comptant les heures jusqu'à l'entraînement.

Iris me surprend en étant sur le terrain plus tôt que moi, un sourire fier sur son beau visage alors que je m'approche. Il y en a quelques-uns ici aussi, alors je garde la bouche fermée, lui faisant un rapide signe de tête en guise de remerciement. Ses yeux pétillent de malice, et une vague de possessivité s'empare de moi. Je la repousse, sachant que je ne peux pas faire de scène ici. Plus tard, cependant...

Je concentre mon énergie dans des exercices que l'équipe exécute avec obéissance, et j'essaie de ne pas trop regarder les fesses d'Iris. Ensuite, je les divise en deux équipes et je dirige un match, en notant les forces et les faiblesses de chaque membre. Iris marque plus de buts que n'importe quelle autre joueuse, consolidant sa réputation de joueuse et d'entraîneuse talentueuse. L'équipe l'encourage, se tourne vers elle pour obtenir des encouragements et l'écoute autant qu'elle m'écoute. Elle est respectée et son attitude impertinente la rend clairement plus accessible et amicale envers son équipe.

Elle est incroyable.

L'équipe se refroidit et s'étire quand quelqu'un crie depuis le terrain à côté du nôtre, nous interrompant.

« Oi ! Reed ! Tu veux marquer à nouveau après l'entraînement ? » crie une voix masculine, déclenchant les rires et les acclamations de ses amis.

Je tourne brusquement la tête dans leur direction, trouvant un athlète sur piste qui lorgne Iris. Il est grand et clairement en forme, presque aussi bâti que moi, et cette poussée de possessivité que j'ai ressentie plus tôt revient doublement.

« Qui êtes-vous ? » je crie à l'homme, mes mots sortant aussi menaçants que je les veux.

Les yeux du gars s'écarquillent alors que sa tête pivote vers moi. Il sourit comme s'il pensait n'avoir rien fait de mal. « Oh, hé, vous devez être le nouvel entraîneur », dit-il, beaucoup trop amical à mon goût. « Je suis Jake, athlète sur piste et sur terrain. J'admire juste votre capitaine. »

Mes dents grincent si fort que je suis choqué de ne pas me casser une dent. « Et tu penses qu'il est approprié de lui crier dessus pendant l'entraînement ? » j'aboie, appréciant pleinement la façon dont il pâlit.

« C'était juste une blague... » essaie-t-il d'argumenter.

En même temps, Iris dit : « Ce n'est pas grave, coach. »

Je lui jette un coup d'œil. « Non, ce n'est pas correct », je rétorque, furieux. Comment ose-t-il parler à ma fille comme ça ? « Que penserait le doyen de ton comportement inapproprié interrompant le temps précieux de formation d'un étudiant ici grâce à une bourse, Jake ? Parce que je ne pense pas qu'il le prendrait à la légère. »

« Coach... » Jake essaie de revenir en arrière, mais je ne le laisse pas faire.

« Tu as de la chance que je ne traîne pas ton pauvre cul dans son bureau et que je ne te fasse pas expulser pour ces conneries ! » je lui grogne dessus, pensant chaque mot.

« S'il te plaît, ne le fais pas. Je ne le pensais pas ! » argumente-t-il, clairement ébranlé par mes menaces.

L'équipe de foot et les amis de Jake me regardent bouche bée, mais je m'en fous complètement s'ils pensent que j'exagère. Je ne tolérerai pas ça.

« Excusez-moi », j'exige.

« Je suis désolé, monsieur ? — »

« Pas à moi, imbécile », je crie, complètement dégoûté par lui. « À elle ! »

« Je suis désolé, Iris », babille Jake, les mains en l'air en signe de reddition. « Je ne voulais contrarier personne. »

« Ce n'est pas grave », murmure Iris en réponse, sa voix un peu essoufflée. Ma bite se contracte en réponse.

« Tu es un coureur sur piste, n'est-ce pas ? » je demande à Jake, le fusillant toujours du regard. Le type hoche la tête. « Alors prouve-le-moi et fous-toi vite avant que je ne change d'avis. »

Jake fait exactement cela, se retournant et sprintant jusqu'à ce qu'il ne soit plus qu'une tache au loin.

« Je suis presque sûre que tu n'es pas censée insulter les élèves, coach », lance Iris, ce qui apaise la tension et fait rire l'équipe. Je laisse tomber son attitude uniquement parce que cela détend un peu l'équipe.

« Bon, ça suffit pour aujourd'hui », dis-je à l'équipe, essayant de cacher ma colère résiduelle dans ma voix. « Bravo, je suis impressionnée par ce que j'ai vu jusqu'à présent, même si nous avons encore un long chemin à parcourir si vous voulez atteindre le championnat. Pour l'instant, allez vous nettoyer et assurez-vous de mettre de la glace sur les bleus ! »

L'équipe se sépare et se dirige vers les vestiaires, mais je surprends le regard d'Iris avant qu'elle ne puisse suivre ses coéquipières.

« J'aimerais vous voir dans mon bureau », dis-je aussi professionnellement que possible, « après que vous soyez habillées. » Vraiment, j'aimerais la voir déshabillée dans mon bureau, mais ce n'est pas comme si je pouvais dire ça.

Iris s'arrête, attendant qu'il y ait suffisamment de distance entre nous et l'équipe pour que nous ne soyons pas entendues. « Je vais aller me faire laver toute cette boue », déclare-t-elle en désignant la terre qui a souillé ses jambes à cause de l'entraînement. « Et ensuite, vous pourrez me retrouver devant à la place. »

Je cligne des yeux, un sourire narquois me tire les lèvres devant son attitude. Mon Dieu, j'adore la façon dont elle me défie. J'ai envie de la mettre sur mes genoux pour ça, de faire rougir son joli cul sous ma paume. « Très bien, je vais jouer ton jeu », lui dis-je en haussant les épaules, voulant voir où elle veut en venir.

Elle sourit largement, puis se retourne et court vers les vestiaires. Je m'empresse de fermer mon bureau et me dirige vers l'avant du bâtiment. C'est calme ici car ce n'est pas encore la fin de la journée, mais je rattraperai la paperasse que je dois faire demain. La tentation de passer plus de temps avec Iris est trop forte pour y résister. Quelques

minutes plus tard, elle me rejoint, habillée et sentant le savon aux fleurs. Je veux la respirer comme de l'air.

« Si tu me veux, tu vas devoir l'admettre et me sortir correctement », annonce-t-elle, énonçant la loi.

Je ne peux m'empêcher de rire à cette idée. Elle a raison, je la veux. Plus que je n'ai les mots pour l'exprimer. « Très bien, petite gamine », je concède en m'approchant d'elle après avoir vérifié qu'il n'y avait personne d'autre pour me voir. « Est-ce que tu aimes me tester ? »

Ses yeux brillent à nouveau. « Tu as raison », taquine-t-elle. « Je suis une gamine, et te taquiner pourrait être mon nouveau passe-temps favori. »

Je secoue la tête. Pourtant, elle doit avoir faim après l'entraînement, et la partie possessive de moi doit prendre soin d'elle, pour m'assurer qu'elle a tout ce qu'elle veut et dont elle a besoin. Autant j'ai envie de la baiser jusqu'à ce qu'elle hurle, autant je ne peux pas le faire si elle n'a pas mangé. Elle aura besoin d'énergie.

« Viens alors, gamine », je murmure en hochant la tête vers ma voiture. « Allons dîner. »

Je l'emmène dans la ville voisine, aucun de nous deux n'étant prêt à risquer d'être reconnu. Le joueur de foot vedette et le nouvel entraîneur sortent dîner seuls ? Ouais, ça soulèverait quelques questions.

Iris choisit un bar et un restaurant cosy, et bientôt nous nous retrouvons assis dans un coin avec des boissons et de la nourriture entre nous. Je souris tandis qu'Iris prend une énorme bouchée de son burger, ma bite durcissant alors qu'elle gémit de plaisir. Putain, je pourrais la regarder manger toute la nuit si elle continue à faire ces bruits.

Je sirote mon verre, essayant de trouver un peu de maîtrise de soi.

« Tu n'avais pas besoin de me défendre comme ça avec Jake », dit-elle en haussant un sourcil vers moi.

« Si, je l'ai fait », je lui réponds. « Tu es à moi, tu te souviens, Iris ? Ça veut dire que personne d'autre que moi n'a le droit de te parler comme ça. »

Elle rougit, ses pupilles s'élargissant. Je souris de satisfaction à sa réaction.

« D'accord », dit-elle doucement, l'acceptant. Elle semble retrouver un peu de son impertinence et ajoute : « Parle-moi de toi, alors. Je veux dire, j'ai eu ta bite dans ma bouche, j'ai l'impression d'avoir droit à certains détails. »

Je m'étouffe avec une bouchée de frites, la fixant du regard lorsqu'elle éclate de rire. « Tu vas me tuer », je marmonne en roulant des yeux. « Que veux-tu savoir ? »

Elle hausse les épaules. « Tout. Comme comment es-tu devenue coach ? »

J'avale, réfléchissant à ma réponse. « Ce n'est pas une histoire que je raconte souvent. »

Iris penche la tête sur le côté, m'analysant. « Est-ce que ça a quelque chose à voir avec la cicatrice que j'ai remarquée sur ton genou ? »

Je me raidis, une réponse automatique lorsque le sujet est évoqué. Mais elle a raison, si elle est à moi, alors elle a le droit de savoir ces choses sur moi. Patiemment, elle attend que je réponde, et finalement, je soupire et lui raconte l'histoire.

« On se ressemble beaucoup », je commence avec une grimace. « Quand j'avais ton âge, j'étais aussi une star du football universitaire avec une bourse et un brillant avenir professionnel devant moi. Nous avons remporté notre championnat d'État, tout se déroulait exactement comme je l'avais toujours prévu. Et puis, lors d'un match d'entraînement, j'ai été violemment plaqué. L'herbe était glissante et les chaussures de l'autre joueur étaient trop vieilles pour adhérer correctement. Nous avons glissé et il est tombé sur moi, ma jambe coincée sous nous deux lorsque nous sommes tombés. Toute l'équipe a entendu le claquement. »

Iris halète, une frite congelée dans sa main à mi-chemin de sa bouche.

« Je l'ai entendu aussi, avant que la douleur ne se fasse sentir. Et mon Dieu, quelle douleur ! » je ris sans humour, grimaçant au souvenir. « Je t'épargne les détails, mais ce n'était pas joli. J'ai brisé ma rotule. L'opération m'a permis de marcher à nouveau dessus, avec une tonne de physiothérapie, mais mon rêve de jouer pro était aussi brisé que l'os. »

Je m'attends à ce qu'Iris fasse une remarque sarcastique, mais elle me surprend en tendant la main, sa main trouvant la mienne sur la table.

« Je suis désolée que ce soit arrivé », dit-elle doucement, ses yeux fixant les miens.

« Ce n'est pas grave », dis-je en haussant les épaules, repoussant la douleur. « Cela signifie simplement que je suis encore plus déterminée à ce que les recruteurs te remarquent. Tu as ce qu'il faut pour y arriver, Iris. »

Elle sourit en riant. « Eh bien, avec un entraîneur aussi strict que toi, j'ai de meilleures chances que jamais », taquine-t-elle.

« Stricte, hein ? » Je la taquine en retour, baissant la voix. « Oh, petite morveuse. Tu n'as aucune idée à quel point je peux être dure. »

Les cils d'Iris battent alors qu'elle me sourit. « Vas-y, Coach. »

Chapitre 4

Le trajet jusqu'à chez Isaac est court mais semble tellement plus long parce que tout ce que je peux imaginer, c'est ce que nous sommes sur le point de faire. Je peux sentir à quel point je suis mouillée par l'anticipation de cela, sa faible menace de me montrer à quel point il peut être strict provoque une centaine de scénarios dans mon esprit. Je le veux, je le veux tellement. Faire l'idiot dans le vestiaire m'a donné un avant-goût de lui, et maintenant je meurs de faim.

À la seconde où nous entrons dans sa porte d'entrée, les bras d'Isaac sont autour de ma taille, et il me soulève du sol. Instantanément, j'enroule mes jambes autour de lui, m'accrochant à lui alors qu'il traverse son appartement jusqu'à la chambre. Je ne peux pas m'empêcher de parcourir sa gorge et sa mâchoire, de l'embrasser, de le sucer et de le goûter.

« Continue comme ça et je te baiserai contre le mur avant d'arriver au lit », grogne Isaac. Je suis sûr qu'il le pense comme une menace, mais cela me semble être un bon plan. Je ne veux pas attendre une seconde de plus. Mon cœur palpite, mon clitoris implore de l'attention. J'essaie de me frotter contre lui, mais le tissu de nos vêtements m'empêche d'obtenir la friction dont j'ai désespérément besoin.

« Oui, fais-le », je halète contre lui, me tortillant dans ses bras. « Je ne veux pas attendre. » J'essaie de passer la main entre nous sans nous renverser, en essayant d'atteindre les boutons de son jean pour pouvoir le toucher correctement.

« Tu n'as aucun contrôle ici », grogne Isaac, la sombre exigence dans sa voix ne faisant que me rendre plus humide.

Mais je ne vais pas lui faciliter la tâche. Je rigole, me tortillant à nouveau alors qu'il resserre son emprise sur moi et augmente sa vitesse vers la chambre.

« Quel gamine », gémit-il, ouvrant la porte d'un coup de pied et me jetant sur le lit. « Tu as besoin d'une leçon, Iris. »

Une poussée d'adrénaline et d'anticipation me réchauffe et je me mets à genoux sur le matelas, lui souriant. Il me domine, le visage dans l'ombre car aucun de nous n'a pris la peine d'allumer les lumières.

« Tu vas me donner des devoirs ou quelque chose comme ça, Coach ? » Je le taquine, embrassant pleinement la méchanceté pour laquelle il me réprimande. Je veux voir jusqu'où je peux pousser ça, tester cette nouvelle dynamique. Je veux qu'il me punisse comme il le promet.

Isaac rit, le son aussi sombre que sa voix. « Oh, tu auras ce que tu mérites », promet-il, croisant les bras sur sa poitrine et me fixant du regard. « Déshabille-toi, gamin. »

Je cligne des yeux vers lui, puis réalise qu'il est sérieux. Je me précipite pour obéir, enlevant précipitamment mes vêtements et les laissant tomber sur son sol. Son ordre suivant me prend par surprise.

« Penche-toi sur le bord du lit, le cul en l'air, les jambes écartées », ordonne-t-il, reculant d'un pas pour me faire de la place.

« Quoi ? » je demande, confuse. « Mais tu es toujours habillée. »

Il sourit, mais c'est sombre et sauvage. « Je ne vais pas te baiser encore. »

« Quoi ! » Mon indignation est claire, ma mâchoire s'ouvre.
— Alors pourquoi suis-je nu et sur le point de me pencher en avant ?

Isaac lève un sourcil. — Parce que je vais te faire rougir ton joli cul sous ma paume et faire couler ta chatte avant de te remplir, gémit-il. Tu n'as pas encore mérité cette bite, petit morveux. Tu dois d'abord me montrer à quel point tu peux bien prendre ta leçon.

— Isaac...

Avant que je puisse dire les mots, il pose sa paume violemment sur mon cul. Je halète à la piqûre, la mâchoire ouverte sous le choc, mais ensuite la douleur s'estompe, laissant une chaleur picotante à sa place. Un doux gémissement quitte mes lèvres, et les muscles qui se sont tendus sous le choc se détendent. Je m'appuie de tout mon poids sur le lit, cambrant mon dos pour offrir mon cul pour plus.

— C'est tout ce que tu as ? Je demande en regardant par-dessus mon épaule.

— Une bouche tellement impertinente. Voyons combien de coups il faudra pour que ton attitude s'améliore.

Je ne lui dis pas que je doute fort que mon attitude s'améliore un jour et que je sais qu'il adore ça. Au lieu de cela, je serre les draps dans mes poings et j'inspire brusquement quand sa main redescend. Et encore. Et encore.

La chaleur envahit mes fesses, la peau est tendre et douloureuse. Je suis sûre que si je pouvais la voir, la chair serait rose vif. J'ai la tête qui tourne et qui chauffe, comme si j'étais ivre de désir.

« C'est ça. Mon Dieu, ton cul est tellement joli avec mon empreinte de main dessus », me félicite Isaac, me faisant frissonner.

J'essaie de lui trouver une réponse sarcastique, mais je suis muette et en manque d'affection. Sa main descend le long de mes fesses, masse les marques qu'il a laissées et se glisse entre mes cuisses. Il me prend brutalement dans ses bras et je me sens couler sur sa main.

« Ma petite morveuse aime être fessée, n'est-ce pas ? » demande-t-il, et je ne me sens même pas gênée.

« Oui », je crie, mes hanches bougeant, essayant de me frotter contre son contact. « Mais j'aimerais encore plus que tu me baises. »

« Tu me rends complètement folle, Iris », gémit-il, et j'entends le bruit de sa fermeture éclair qui s'abaisse. Je me retourne pour lui faire face, grimpant correctement sur le lit, gardant mes jambes écartées pour lui.

« Tu adores ça », je le taquine, grimaçant un peu alors que je m'assois sur mon cul douloureux, me penchant en arrière pour soulager la pression.

Je m'imprègne de sa vue alors qu'il se déshabille rapidement et me rejoint sur le lit. Il est tout en muscles et en force pure, comme s'il avait été taillé dans la pierre.

« Tu as raison, petit morveux », dit-il en se penchant au-dessus de moi, se penchant pour que ses lèvres effleurent les miennes, sa bite pressant contre l'endroit où j'ai le plus besoin de lui. « Putain, j'en ai vraiment besoin. »

Il s'enfonce en moi d'un mouvement rapide, me remplissant complètement. J'oublie comment respirer, mon esprit tourne et tout mon corps s'illumine pour lui. Je me cambre, mes mains s'appuyant sur ses épaules, haletant contre sa bouche. Il m'embrasse avec un gémissement, se retirant de moi juste pour s'enfoncer plus fort. Je bouge mes hanches avec lui, suivant son rythme, prenant tout ce qu'il me donne.

« Tellement humide pour moi, Iris », gémit Isaac, sa voix grave et grave.

« Tu es si bonne », répondis-je sans réfléchir.

« À qui appartient cette chatte, Iris ? » demande Isaac alors que je me sens serrée autour de lui. Le plaisir se resserre dans mon ventre, le bonheur approchant.

« À toi », je râle, mes ongles grattant ses épaules alors que je me perds entièrement dans cela. « Je suis toute à toi, Isaac. »

« Putain, oui, tu l'es », gémit-il, m'embrassant comme s'il était en train de mourir et que j'étais le seul oxygène dont il avait besoin. Je l'embrasse en retour, gémissant, haletant et criant alors qu'il me baise fort et vite.

Mon orgasme me frappe sans prévenir. Le plaisir est trop fort, me traverse, me rend étourdie de bonheur.

« Isaac ! » je crie, des étoiles scintillent dans ma vision.

« Mon Dieu, Iris, tu es trop bonne en venant sur ma bite comme ça », gémit-il. « Je vais remplir cette chatte parfaite, bébé. Je veux te voir tout prendre. »

« Oui, oui, oui ! » je chante alors qu'il vient, me remplissant comme il l'a promis.

Pendant une minute, nous restons allongés ensemble, toujours unis et haletants contre la bouche de l'autre alors que nous redescendons sur terre. Il se dégage de moi, me nettoie, puis nous borde tous les deux sous les couvertures, me serrant fort contre lui.

« Je ne sais pas comment je suis censée me comporter normalement à l'entraînement maintenant », dis-je doucement en me reposant sur sa poitrine. « C'est plus que du sexe, Isaac. Je ne me suis jamais sentie comme ça avant. »

Il passe sa main dans mon dos dans des mouvements apaisants qui me font fondre contre lui. « Moi non plus », admet-il doucement. « Quoi qu'il arrive, je prendrai soin de toi, Iris. Ne t'inquiète de rien. »

Et à ce moment-là, rassasiée et au chaud, blottie dans son lit, je le crois.

« À qui envoies-tu des textos tout le temps ? » demande Georgia, ma coéquipière et amie proche, en me donnant un coup de coude alors qu'elle essaie de regarder par-dessus mon épaule pour voir l'écran de mon téléphone.

J'éteins rapidement mon téléphone, le pose face contre terre sur la table devant nous et la repousse. « Personne », répondis-je en évitant tout contact visuel.

Cela fait une semaine qu'Isaac et moi nous voyons et même si j'ai fait de mon mieux pour le cacher, Georgia n'est pas la seule à avoir des soupçons sur l'homme mystérieux dont je suis obsédée.

Georgia ricane, ne me croyant visiblement pas. « Ce moins que rien doit être quelqu'un de spécial », insiste-t-elle en me souriant. « Je ne t'ai jamais vu aussi éperdument amoureux de quelqu'un auparavant. Tu continues à sourire comme un fou à tes messages. »

Je rougis, gémis en me passant la main sur le visage. « Je suis sérieuse, Georgia », réessayai-je, sachant que je ne peux rien dire pour la convaincre. Ce n'est pas mon genre de cacher des secrets à l'équipe, mais ce n'est pas exactement quelque chose sur lequel Isaac ou moi pouvons être ouverts. « Ce n'est personne. »

Mon amie me lance un regard qui dit « Ne me mens pas », et j'aimerais pouvoir tout lui dire. Je soupire lourdement, jetant un regard circulaire aux autres membres de l'équipe assis à la table avec nous. Même si j'ai envie de me confier à Georgia, je n'ai aucune idée de la réaction de l'équipe à cela.

« J'ai besoin d'un café », annonce Georgia en se levant et en m'entraînant avec elle. « Viens. »

Je trébuche alors qu'elle m'éloigne de la table et s'éloigne en direction du café du campus. Au lieu d'entrer, elle tourne au coin d'une section vide de la cour.

« C'est Coach, n'est-ce pas ? » dit-elle avant même que je puisse comprendre ce qui se passe.

« Georgia ! » je siffle en secouant la tête. « Tu ne voulais même pas de café, n'est-ce pas ? »

Elle sourit malicieusement. « Non, mais tu n'allais clairement pas t'ouvrir devant tout le monde. Il n'y a plus que nous maintenant, alors arrête tes conneries, Iris. Tu baises le coach, n'est-ce pas ? »

« D'accord, d'accord, très bien, oui ! » je lâche, soulagée de pouvoir l'admettre. J'ai confiance en Georgia, et ça fait du bien de ne plus avoir à le cacher. « Je vois... Isaac. »

« Je le savais ! » dit Georgia avec un grand sourire. « J'ai remarqué la façon dont il te lorgnait le cul à l'entraînement. »

« Georgia ! » Je lui ai poussé le bras d'un air enjoué, rougissant même en souriant. « Mon Dieu, nous avons essayé si dur de le cacher. »

L'expression de Georgia devient sérieuse. « Tu sais qu'il n'y a techniquement aucune règle qui dit que tu ne peux pas baiser l'entraîneur, n'est-ce pas ? »

« Quoi ? » je demande en regardant mon amie. « Attends, tu es sérieuse. »

Georgia hausse les épaules. « Je suis sûre que ce n'est pas encouragé, mais il n'est pas un membre permanent de la faculté. Il a été embauché pour la saison pour nous amener aux championnats. »

Je m'affaisse de soulagement à l'idée que nous ne serons pas expulsés si quelqu'un découvre ce que nous faisons. Pourtant... « Je ne veux pas que tout le monde le sache au moins avant la fin du match de la semaine prochaine », dis-je en réfléchissant. « Nous devons nous concentrer sur notre participation aux championnats, et je ne veux pas que ma vie sexuelle distraie l'équipe. »

Georgia rit avec moi, et j'ai l'impression qu'un poids a été enlevé de ma poitrine. Notre prochain match, notre première compétition depuis qu'Isaac nous entraîne, aura lieu la semaine prochaine, juste avant les vacances de printemps. Nous devons nous ressaisir et nous concentrer dessus, et je suis sûre que lorsque l'équipe découvrira enfin l'existence d'Isaac et de moi, ce sera le centre d'attention des filles pendant des heures. Non, il vaut mieux attendre d'avoir passé le premier match au moins.

— D'accord. Bon, mes lèvres sont scellées, dit Georgia, mimant la fermeture éclair de ses lèvres. Mais je veux toujours tout savoir. Raconte-moi tout, ma fille.

Je le fais donc, racontant tout à Georgia, à quel point Isaac est bon au lit et en dehors, à quel point je suis amoureuse de lui. C'est tellement bon de pouvoir lui parler de lui, et au moment où nous retournons enfin vers les autres, l'anxiété que j'ai ressentie à l'idée de cacher notre relation s'est un peu atténuée.

J'ai confiance dans le fait que notre lien est suffisamment fort pour résister à tout ce qui nous arrive, et quand mon téléphone vibre dans ma poche et que je vois qu'Isaac m'a envoyé un message pour me demander si j'ai toujours mal au cul ou si j'ai besoin d'une autre leçon, je ne peux m'empêcher de sourire comme une folle.

Chapitre 5

J'inspire profondément tandis que l'équipe entre sur le terrain, mes yeux trouvent immédiatement Iris et se fixent sur elle, incapables de détourner le regard. C'est aujourd'hui le jour J – le premier match de qualification pour nous mettre en lice pour les championnats. L'équipe est bonne, mieux que bonne, mais je ne peux pas empêcher l'impatience nerveuse qui se noue dans mon ventre alors que le match commence. Ils ont travaillé dur, et ma copine les dirige incroyablement bien en tant que capitaine, mais c'est le premier vrai test de leur talent, et du mien en tant qu'entraîneur.

Iris joue mieux qu'elle ne le fait même à l'entraînement, dominant le terrain et se déplaçant avec une vitesse et une agilité inégalées même par la meilleure joueuse de l'équipe adverse. L'autre équipe est décente, mais dès la première moitié du match, il est clair que nous sommes meilleurs. Nous avons Iris après tout.

L'admiration que j'ai pour elle va au-delà de la profondeur de mes sentiments pour elle. Elle est belle, effrontée et impertinente dans le meilleur sens du terme, brillante et rebelle et putain d'addictive. C'est aussi une joueuse incroyable, travaillant avec fluidité avec son équipe et n'ayant pas peur de prendre des risques sur le terrain. Je ne pourrais pas la quitter des yeux si j'essayais, même si je dois admettre que je n'essaie même pas du tout.

Georgia fait une passe nette et rapide à Iris, qui m'impressionne en effectuant un virage serré - un mouvement sur lequel nous avons travaillé à l'entraînement - et en tirant le ballon dans le filet. La foule est en délire devant le but, et l'équipe se rassemble autour d'Iris et de Georgia, célébrant leur succès. Au-dessus des têtes des joueurs, Iris croise mon regard, souriant comme la folle qu'elle est. J'espère qu'elle peut voir l'amour que j'ai pour elle dans mon regard, même si je dois limiter mes réactions extérieures aux applaudissements et aux encouragements appropriés pour l'équipe.

La deuxième mi-temps du match commence, avec deux buts d'avance, mais l'autre équipe est sur la défensive, ne voulant clairement pas se laisser abattre sans se battre. À quelques minutes de la fin, les deux équipes se battent pour la possession du ballon, y mettant tout leur cœur. Mes yeux trouvent Iris comme ils le font toujours, juste à temps pour la voir faire un coup d'aile pour récupérer le ballon. La défense riposte, et je crie à l'arbitre en voyant l'autre joueuse jeter son poids sur Iris.

C'est comme si tout se passait au ralenti. L'équipe crie tandis qu'Iris tombe. Elle frappe violemment le terrain, sa cheville se tordant en tombant.

Je suis debout et je cours avant même de pouvoir penser à ce que je fais. Je me faufile à travers la foule de joueurs inquiets, me précipitant directement vers ma copine. Elle est toujours par terre, le visage tordu de douleur et de colère, ricanant à la fille qui l'a fait tomber.

« Espèce de garce ! » hurle Iris en se tenant la cheville.

« Tu t'es mise en travers de notre chemin ! » crie l'autre joueuse en retour, mais heureusement l'arbitre intervient avant moi. Il n'y a aucune chance que je puisse parler à l'autre joueuse de manière professionnelle.

« Iris ! » je crie en tombant à genoux à côté d'elle, l'entourant de mes bras. « Putain, Iris. Que quelqu'un appelle un médecin ! »

Les secondes qu'il faut aux médecins pour arriver jusqu'à nous semblent des heures. Quand ils arrivent enfin, ils équilibrent Iris entre eux pour qu'elle n'ait pas à mettre du poids sur sa cheville douloureuse. En tant qu'entraîneur, c'est littéralement mon travail de rester et de voir le reste du match se dérouler. Les joueurs qui se blessent ne sont pas rares, et la blessure d'Iris n'est certainement pas assez grave pour mettre fin au match plus tôt. La remplaçante à son poste nous rejoint sur le terrain alors que l'arbitre appelle tout le monde à se remettre en position pour terminer les cinq dernières minutes du match.

Il me faut tout mon sang-froid pour ne pas dire merde et me précipiter pour trouver Iris, mais je sais qu'elle sera furieuse si j'abandonne l'équipe pour aller la chercher à la place. C'est la seule chose qui me maintient sur le côté, parvenant à peine à garder les yeux sur le match.

Dès que le match est terminé, je me déplace. L'équipe célèbre sa victoire sur le terrain, et même si je sais que je devrais, je ne peux pas me résoudre à aller les féliciter. Pas sans Iris. Je cours vers le bâtiment médical et me glisse à l'intérieur. Si quelqu'un regarde, il sera évident que je me soucie plus d'Iris que n'importe quel entraîneur normal, mais je ne peux plus m'en soucier. Laissons-les penser ce qu'ils veulent. Elle est ma priorité, et elle le sera toujours.

Le bâtiment est si petit qu'il ne me faut qu'une seconde pour trouver ma fille. Elle est assise dans une pièce si petite qu'elle peut à peine contenir le lit sur lequel elle est assise, un engin médical pliable en métal coincé contre le mur. Il y a un chariot de fournitures et une chaise, et à peine de place pour marcher entre eux. Il n'y a personne d'autre ici à part nous.

"Pourquoi personne ne te soigne ?" je demande en m'approchant d'elle.

Iris secoue la tête. Même avec de la terre sur la joue et ses cheveux qui se détachent de sa queue de cheval, elle est la plus belle chose que j'aie jamais vue. "Parce que je vais bien, Isaac", rit-elle. "Juste une cheville tordue, c'est tout. "Ça fait très mal mais j'ai juste besoin de repos pendant les dix prochains jours et de glace. Pas de pause ni de blessure grave. Les médecins doivent s'occuper d'autres personnes, apparemment quelqu'un dans les tribunes a eu une réaction allergique, bien plus grave que mon pied douloureux."

Je la fusille du regard pour avoir ignoré sa propre douleur, mais je ne peux cacher le soulagement que je ressens en sachant qu'elle va bien. « J'étais tellement inquiète, bébé », dis-je doucement. Elle se traîne jusqu'au bord du lit pour que je puisse l'entourer de mes bras, en prenant soin de ne pas bousculer sa cheville douloureuse. « Je ne sais pas ce que je ferais si tu étais blessée... » Je m'arrête, réalisant ce que j'allais dire.

Iris me remplace, lisant dans mes pensées. « Si j'étais blessée comme toi ? » demande-t-elle doucement, avec tellement de douceur dans sa voix que mon cœur se serre.

J'acquiesce, enfouissant mon visage dans son cou et respirant son odeur sous l'odeur stérile de l'air.

« Je t'aime, Iris », dis-je, nous surprenant tous les deux. Je sais ce que je ressens pour elle depuis des lustres, mais je ne voulais pas le lui dire trop tôt au cas où elle ne serait pas prête. Mais là, réalisant à quel point j'étais inquiet pour elle, la douleur dans mon cœur à la simple pensée qu'elle soit blessée comme je l'étais, je ne peux plus me retenir. « Je suis tellement contente que tu ailles bien. Tu es à moi pour te protéger, pour prendre soin de toi, pour t'aimer. »

J'entends un arrêt respiratoire dans sa respiration, et elle se retire de notre étreinte. Ses yeux rencontrent les miens. « Je t'aime aussi, Isaac, » souffle-t-elle.

Je la laisse à peine prononcer le dernier mot avant d'écraser ma bouche contre la sienne.

En quelques secondes, le baiser devient passionné, et je gémis en réclamant sa bouche, ma langue glissant contre la sienne. Elle est si souple et avide de moi, ses mains s'enroulent autour de mon cou pour me tirer plus près.

« Putain, Iris, » gémis-je. « J'ai besoin de toi. »

« Prends-moi, » répond-elle, sa voix haletante et nécessiteuse.

On ne devrait pas. Même si je m'assurerais de ne plus lui faire mal à la cheville, il n'y a pas de verrou sur la porte. N'importe qui pourrait entrer par hasard. Mais putain, si cette pensée ne me rend pas encore plus dur.

Les mains sur sa taille, je tourne Iris pour que ses jambes pendent du bord du lit. Attrapant la ceinture de son short, je le tire vers le bas, l'aidant à garder l'équilibre pour pouvoir le faire descendre le long de ses jambes. Elle écarte instantanément ses cuisses pour moi, son short et ses sous-vêtements pendent de sa bonne cheville. Ses mains vont à ma ceinture, déboutonnant mon pantalon juste assez pour libérer ma bite. Je suis dur comme un con pour elle, du liquide pré-éjaculatoire coule du bout alors qu'elle me travaille avec sa main.

"Tu es si bon dans ma main", gémit-elle en me serrant plus fort. Son toucher est si chaud, si doux, et si nous avions plus de temps, je la laisserais me toucher comme ça toute la journée.

Mais nous devons être rapides, alors j'attrape son poignet et lui plaque la main sur le lit à côté d'elle à la place. « Je me sentirai encore mieux en toi », lui dis-je en m'approchant d'elle. La tête de ma bite frotte contre le centre brûlant de son corps, envoyant un frisson de tout mon corps à travers moi. « Tiens-toi au bord du lit, petite morveuse. Ça va être dur et rapide, Iris. Une punition pour m'être inquiétée comme une folle. »

« Ne devrais-je pas recevoir une récompense pour nous avoir fait gagner la partie ? » argumente-t-elle en haussant les sourcils vers moi.

« Plus tard », je promets en saisissant ses cuisses, aimant la façon dont elle se cambre et halète tandis que je pousse ma bite en elle lentement, m'assurant qu'elle sente chaque centimètre.

« Fort et rapide alors », acquiesce Iris avec un sourire narquois tandis que ses yeux papillonnent lorsque je la remplis. « Oui ! »

« Reste tranquille pour moi, petite morveuse », sifflai-je en commençant à pousser, fort et profond, le lit vacillant sous nous. « Tu ne veux pas qu'un médecin inquiet me surprenne les couilles enfoncées dans ta jolie chatte maintenant, n'est-ce pas ? »

Elle se resserre autour de ma bite à mes mots, et je jure. Elle me semble être le paradis, toute douce, humide et chaude, faite pour moi de toutes les manières.

« Oh mon Dieu, Isaac ! » crie Iris alors que je passe mon pouce entre nous pour frotter son clitoris en petits cercles serrés, exactement comme elle aime. « Putain, oui, oui, n'arrête pas ! »

Je ne m'arrêterais pas même si quelqu'un faisait irruption chez nous. Rien ne pourrait m'arracher à ma nana.

« C'est ça, ma jolie petite morveuse, viens sur ma bite », je l'exhorte, sentant ma propre libération approcher, le plaisir me chatouiller le dos. Je refuse de jouir avant elle, cependant. J'ai besoin de la sentir serrer ma bite pendant que nous tombons dans le bonheur ensemble.

Iris crie quand elle jouit, et je la fais taire avec ma bouche, avalant ses gémissements. Sa chatte se serre sur moi, pulsant tandis que son orgasme l'entraîne sous elle, déclenchant le mien. Je gémis contre ses lèvres tandis que je la remplis de sperme, enfoui aussi profondément que possible dans son corps.

Même si j'ai envie de m'attarder avec elle dans le bonheur post-sexuel, nous avons déjà suffisamment poussé notre chance. Je me glisse hors d'elle avec un gémissement, attrape des mouchoirs pour la nettoyer du mieux que je peux avant de les jeter et d'aider Iris à se relever.

« N'exerce aucune pression sur cette cheville », lui dis-je sévèrement, en levant les yeux au ciel devant le sourire narquois qu'elle affiche sur son visage.

« Ordre du médecin. » Elle hoche la tête en réponse, mais je ne doute pas une seconde que, peu importe ce que le médecin lui a dit, elle essaiera de courir sur cette foutue cheville avant qu'elle ne soit prête.

Je l'aide à sortir du hangar médical où l'équipe nous accueille avec enthousiasme. À leur crédit, ils sont prudents lorsqu'ils célèbrent Iris, la serrant dans leurs bras mais s'assurant de la maintenir en équilibre pour ne plus lui faire mal.

Dans un élan d'excitation et d'acclamations, nous nous dirigeons vers un hamburger et un shake local pour célébrer. Il est impossible de ne pas remarquer les regards suspicieux et intéressés que les coéquipières d'Iris nous lancent, mais avec mon bras autour de sa taille, la gardant près de moi sous prétexte de soutenir sa cheville, je ne peux pas vraiment leur en vouloir pour leur curiosité. Iris ne semble pas non plus s'en soucier, se penchant vers moi tandis qu'elle rit avec ses amies.

« Dis-leur, Iris », murmure Georgia, l'amie et coéquipière d'Iris, en faisant un geste vers les regards que nous recevons.

Iris lève les yeux vers moi, une question tacite dans les yeux. Je baisse les yeux vers elle, voyant tout mon foutu monde. J'aime cette fille et je me fiche de savoir qui le sait.

De plus, j'ai lu les termes de mon contrat une centaine de fois, et il n'y a rien qui dise explicitement que je ne peux pas être en couple avec un joueur. Je suis assez confiant que même si le doyen se fâche contre nous pour ça, il n'aura pas de raisons de me virer ou de lui retirer la bourse d'études.

Iris leur dit, et l'équipe éclate dans une nouvelle salve d'acclamations.

« Je le savais ! » crient quelques-unes d'entre elles, en riant d'Iris avec bonhomie.

« Vous êtes vraiment d'accord avec ça ? » vérifie-t-elle en les regardant toutes.

L'une des filles hausse les épaules, parlant au nom de l'équipe. « Je veux dire, nous venons de gagner ce match, donc il est clair que votre relation n'affecte pas la capacité du coach Thomson à faire son travail », souligne-t-elle. « De plus, nous t'aimons tous, Iris, et nous voulons que tu sois heureuse. De toute évidence, le coach peut supporter toute ton impertinence. »

Iris grogne, jetant une paille à son amie en guise de réprimande enjouée. « Vous aimez tous mon impertinence ! » rétorque-t-elle avec un grand sourire.

L'équipe rit avec elle tandis que je baisse la tête et murmure : « J'adore te punir pour ça. » Je parle assez doucement pour que personne d'autre ne m'entende. Elle me donne un coup de coude dans les côtes, les yeux écarquillés par mes taquineries.

« Je n'entendrai jamais la fin de ces taquineries de ta part ou d'eux, n'est-ce pas ? » demande-t-elle, mais le sourire sur son visage et la lumière dans ses yeux me disent qu'elle n'est pas vraiment en colère contre ce fait.

Je souris et la serre contre moi. « Non, » lui dis-je sincèrement. « Tu es coincée avec moi maintenant, petite morveuse. Habitue-toi à ça. »

Le sourire d'Iris s'élargit. « Je pense que je peux gérer ça. »

Chapitre 6

IRIS

Enfin, les vacances de printemps arrivent. Je suis soulagée d'avoir une pause dans les cours, et furieuse que ma stupide cheville tordue m'oblige à faire une pause dans l'entraînement.

Ce n'est que pour une semaine de plus, mais je sais que ma condition physique va être foutue malgré tout. J'étais en pleine forme avant que cette garce de l'autre équipe ne la gâche, et à ce niveau, même une semaine de repos peut vous faire reculer. Pourtant, j'ai le meilleur soutien possible pour m'assurer de m'en sortir à temps pour le prochain match. Mon équipe a été incroyable, heureuse et acceptante envers moi et Isaac, et avoir mon entraîneur comme petit ami a plus d'un avantage. Avec tous les entraînements que nous faisons au lit, au moins je sais que je ne serai pas totalement inapte au moment où je serai autorisée à rejouer.

"Où allons-nous ?" je demande pour la centième fois, en jetant un coup d'œil à Isaac. J'ai l'eau à la bouche lorsque mes yeux se concentrent sur sa main sur le volant, les muscles et les veines de ses bras ressortant. Peu importe le nombre de fois que je le vois, je doute que je m'habituerai un jour à sa beauté. Sérieusement, il n'y a pas un centimètre carré de lui qui ne m'attire pas.

Isaac me lance un regard moqueur du coin de l'œil. « Demande-moi encore une fois, petit morveux, et on n'y arrivera pas du tout. Je vais garer cette voiture et te mettre sur mes genoux sur le siège arrière. »

Autant je suis fortement tentée de répondre à sa menace, autant je veux vraiment voir où il m'emmène. Alors je garde ma bouche fermée jusqu'à ce qu'enfin, il quitte la route et se gare devant ce qui ressemble à un hôtel très chic. L'excitation me traverse.

« Allez, morveux », me taquine Isaac, en me tendant la main pour m'aider à sortir de la voiture. J'essaie de sortir mon sac à l'arrière, mais il me fixe d'un regard et l'attrape à la place, refusant de me laisser porter quoi que ce soit. Ma cheville va bien, mais Isaac est un gentleman dans l'âme. Il ouvre toujours les portes et porte des trucs pour moi.

« Cet endroit est super chic », commentai-je alors que nous entrons, immédiatement entourés de luxe. Plantes luxuriantes, accents dorés, meubles en velours, même l'air ici sent le luxe, comme un parfum cher. J'inspire profondément, souriant largement.

« Seulement le meilleur pour ma fille », me murmure Isaac, me faisant pâlir d'envie. Bon sang, cet homme est trop bien.

À la réception, une réceptionniste accueillante nous donne les détails de l'hôtel, du restaurant et du bar incroyables au service en chambre et aux forfaits spa insensés qu'ils proposent.

Je ne peux pas cacher mon excitation, et Isaac me sourit largement.

« Tu as déjà réservé une journée au spa, bébé », me dit-il, et je crie de bonheur, le serrant dans mes bras tandis que la réceptionniste nous sourit gentiment.

« Tu es le meilleur », lui dis-je, plus qu'excité d'être chouchouté dans cet endroit incroyable. Je ne me souviens pas de la dernière fois où j'ai fait quelque chose comme ça. En fait, je ne pense pas l'avoir jamais fait. Je me suis tellement concentré sur l'entraînement et je me suis poussé à être le meilleur pour que lorsque j'aurai bientôt mon diplôme, j'aurai toutes les chances de devenir pro. Même si je ne l'admets pas à voix haute, peut-être que cette stupide cheville n'est pas une si mauvaise chose si elle m'oblige à prendre un peu de repos.

La réceptionniste glisse sur nos cartes-clés de chambre et Isaac me dirige vers l'ascenseur pendant que j'essaie de ne pas me laisser distraire par le magnifique environnement.

« C'est incroyable », lui dis-je alors que l'ascenseur nous emmène à notre étage. « Merci, Isaac. »

Isaac sourit. « Ça ne va que s'améliorer. »

Mon front se plisse à cela, confus. « Comment ? »

Isaac sourit simplement et refuse de me dire quoi que ce soit.

« Si j'avais su que j'aurais droit à un traitement spécial comme celui-ci quand je serai blessé, je me serais tordu la cheville depuis longtemps », je plaisante en sortant de l'ascenseur de notre étage. Je halète quand Isaac m'attrape par la taille et me tire contre lui, soutenant mon regard.

« Tu n'as même pas le droit de plaisanter sur le fait de te blesser à nouveau », grogne-t-il en secouant la tête comme si je le stressais.

Je ris, j'aime le fait que je puisse encore l'énerver si facilement. Le va-et-vient dans notre relation est l'un de mes aspects préférés de nous deux. « Tu m'aimes vraiment », je le taquine alors que nous trouvons notre chambre.

Isaac s'arrête, la carte-clé à moitié enfoncée dans la serrure. « Je t'aime vraiment, petit morveux », dit-il doucement, me faisant rougir.

Je suis sur le point de trouver une autre remarque impertinente pour l'énerver, mais j'oublie comment parler quand

Isaac ouvre la porte et que nous entrons dans la pièce. Tout l'air quitte mes poumons alors que je contemple le spectacle devant moi.

La chambre est immense et luxueuse comme le reste de l'hôtel, avec une moquette aussi douce que l'enfer, un canapé en velours dans un coin et une grande télévision face au lit. Et le lit... il est immense et couvert de pétales de rose. Du champagne est posé sur la petite table près du canapé, deux verres et une assiette de petits chocolats et de gâteaux à côté. C'est comme si j'étais entrée dans une scène de film, pleine de romance.

« Isaac », je souffle, bouleversée par la douceur de cette scène. Je reporte mon attention sur lui et cligne rapidement des yeux quand je réalise qu'il est à genoux devant moi.

« Iris », répond-il en levant les yeux vers moi. Il a quelque chose dans les mains, et quand il l'ouvre et que je réalise ce que c'est, je halète. Une boîte à bague. À l'intérieur se trouve une belle et délicate bague. Mon cœur bat si vite, plus vite qu'après un match. « Petit morveux, tu es la meilleure chose qui me soit jamais arrivée. J'adore ta bouche impertinente, ton talent et ta passion, la façon dont tu te donnes à fond dans la vie. Tu es incroyable, Iris, et je veux que tu sois à moi pour toujours. —

Je suis à toi, réussis-je à dire, la voix toute tremblante de choc et de la profondeur de mes sentiments pour lui.

« Tu as bien raison », répond-il en riant. Il tend sa main libre et je m'avance, la prenant avec la gauche. « Épouse-moi, Iris. Laisse-moi te faire mienne de toutes les manières possibles. »

Je n'ai même pas besoin de réfléchir à ma réponse. « Oui », dis-je immédiatement, souriant si largement que mes joues me font mal alors qu'il glisse la bague à mon doigt. Il se lève et je me jette dans ses bras, m'accrochant à lui. « Je t'aime », dis-je précipitamment avant d'écraser ma bouche pour l'embrasser, l'embrassant avec toute la passion dont il vient de parler.

Isaac me soulève de mes pieds et j'enroule instantanément mes jambes autour de sa taille. « Je t'aime, petit morveux. À moi. Tout à moi », dit Isaac en m'embrassant le long du cou, me faisant me tortiller dans ses bras.

« À toi. Pour toujours », je gémis, l'arrachant à ses vêtements alors qu'il nous raccompagnait vers l'immense lit.

« Je veux te baiser avec rien d'autre que cette bague », gémit Isaac, et j'acquiesce, absolument d'accord avec cette idée.

Il m'embrasse à nouveau alors que nous jetons nos vêtements sur le sol, et quand il n'y a rien sur moi à part ma bague brillante, il prouve à quel point il me possède - cœur et corps.

ÉPILOGUE

ISAAC

Trois mois plus tard

Ma copine domine le terrain, le rugissement de la foule derrière moi l'alimente alors qu'elle esquive une tentative de tacle et dévale le terrain. Comme chaque jour depuis que je l'ai rencontrée, je ne peux pas la quitter des yeux.

C'est le match pour lequel nous nous préparons toute la saison. Le championnat qui allait couronner la brillante carrière universitaire d'Iris. Avec seulement dix minutes restantes dans le match, nous sommes à égalité mais l'opposition pousse fort pour prendre l'avantage. Ils sont sacrément bons, mais nous sommes meilleurs.

Mon Iris est meilleure.

Je n'ai pas besoin de cacher le fait que je la regarde maintenant, pas maintenant que notre relation est au grand jour. Après les vacances de printemps, j'ai eu une réunion avec le doyen et je lui ai tout dit, ne voulant pas que mon patron l'apprenne de quelqu'un d'autre. Bien qu'il m'ait prévenu que je ne pouvais pas être vu en train de faire preuve de favoritisme ou d'adopter un comportement non professionnel sur le campus, il a convenu qu'il n'y avait rien dans mon contrat qui l'interdisait strictement. Il n'était guère ravi mais acceptait à contrecœur, et c'était tout ce dont j'avais besoin.

Je retiens mon souffle tandis qu'Iris se précipite en avant, agile et rapide, la détermination inscrite dans chacun de ses mouvements. Il reste cinq minutes. Mon souffle reste bloqué dans ma gorge et je me lève, incapable de rester assis. Ne voulant pas la distraire, je me force à ne pas crier d'encouragement, mais à la regarder tirer vers le but.

La gardienne plonge alors que le ballon vole dans les airs. Je jure que la foule retient son souffle avec moi alors que la main de la gardienne effleure le côté du ballon. Et rate. Le ballon touche le fond du filet et les acclamations explosent dans les airs.

Elle l'a fait.

Elle a gagné.

« C'EST MA FILLE ! » je crie, incapable de rester silencieuse une seconde de plus. La fierté monte en moi alors que je la regarde lever les bras en signe de victoire, son équipe se rassemblant autour d'elle en criant et en l'acclamant.

Je me précipite sur le terrain avec les autres, et l'équipe me laisse passer, me donnant un chemin vers Iris.

« JE SAVAIS QUE TU POUVAIS LE FAIRE ! » je leur dis à tous en arrivant à Iris.

« ON A GAGNÉ ! » crie-t-elle en sautant sur moi avec excitation.

Je l'attrape facilement, l'équipe nous bousculant de tous les côtés avec des cris d'excitation.

« Tu as gagné, bébé », je lui murmure à l'oreille, assez doucement pour que personne d'autre ne l'entende. Toute l'équipe m'a rendu fière, mais personne d'autre n'aurait pu réussir ce but à part Iris. Elle a gagné le match pour eux, et elle mérite d'être félicitée pour cela.

Je la soulève, Georgia se trouve à mes côtés et offre son épaule pour qu'Iris puisse s'asseoir sur nous, tenue comme un trophée. La foule acclame son nom, sa famille et ses amis se déchaînent dans les tribunes, et j'enroule mon bras autour de ses cuisses pour la stabiliser alors qu'elle penche la tête en arrière et crie d'excitation.

« Nous sommes championnes ! » crie-t-elle à l'équipe, qui répond par une nouvelle salve d'acclamations.

Finalement, Georgia et moi la déposons, et l'équipe récupère son trophée, posant pour les photos.

Je regarde de côté, souriant si fort que mes joues me font mal.

« Hé, coach ! » appelle la voix d'Iris, me surprenant. « Viens ici, prends la photo ! »

Je m'approche mais secoue la tête. « C'est ta victoire, pas la mienne », lui dis-je ainsi qu'à l'équipe.

« Nous n'aurions pas pu y arriver sans toi ! » insiste une autre joueuse, et les autres sont d'accord. Alors, quand Iris sort en courant et m'attrape par le bras, m'entraînant dans la foule, je la laisse faire. Pour la première fois depuis ma blessure, je ressens à nouveau cette poussée d'adrénaline – la poussée d'adrénaline de faire partie d'une équipe, de participer à une victoire, la poussée d'adrénaline du match.

Iris m'a tant donné, et quand je la regarde, j'espère qu'elle voit à quel point je l'aime dans mon regard.

« Sérieusement, Coach, merci », dit Georgia alors que nous nous dispersons et que les joueuses sont invitées à aller se changer et se nettoyer.

Je secoue la tête en regardant l'équipe qui a tous un grand sourire sur leurs visages. Iris se rapproche de moi, se penche vers moi. Je passe mon bras autour d'elle, la serrant contre moi.

« Je suis sacrément fière de vous tous », leur dis-je honnêtement. « Vous avez été incroyables aujourd'hui. »

Quand les autres sont partis et qu'Iris et moi sommes seuls à l'extérieur du vestiaire, je me penche et murmure : « Je te récompenserai plus tard, petite morveuse. Tu as été tellement bonne. Peut-être que tu sais être une bonne fille après tout. »

J'aime la façon dont elle frissonne en réponse, ses pupilles se dilatant alors que ses lèvres charnues se courbent en ce sourire narquois qui me fait bander en quelques secondes. « J'ai hâte », dit-elle avec un clin d'œil, me tirant vers moi pour un baiser. Moi non

plus, je pense en l'embrassant - ma petite morveuse, ma fille talentueuse, ma future femme.

ÉPILOGUE PROLONGÉ

IRIS

Trois Ans Plus Tard

« Je suis passée du ballon sur le terrain à la poussette qui se déplace entre les tables des restaurants », je ris, en ajustant la poussette pour qu'elle soit juste à côté de mon siège et que je puisse voir clairement notre nouveau-né endormi.

J'ai l'eau à la bouche au premier coup d'œil au menu, sachant déjà ce que je veux. Nous sommes dans le même restaurant où Isaac m'a emmenée lors de notre premier rendez-vous, alors que nous étions encore méfiants à l'idée d'être vus ensemble il y a quatre ans. C'est nostalgique et mignon comme tout, et à la seconde où j'ai dit à Isaac que j'avais envie des frites garnies d'ici, il m'a conduit là-bas en un clin d'œil.

« Et tu es la meilleure des meilleures dans les deux cas », dit Isaac en riant alors qu'il s'assoit en face de moi, souriant tandis que son regard glisse vers notre petite fille, endormie et adorable. « Tu as la meilleure maman du monde, Daisy », roucoule-t-il à notre fille, qui fait le petit bruit endormi le plus mignon mais ne bouge pas.

Mon cœur est si plein qu'il pourrait éclater. J'ai tout ce que je pourrais souhaiter : un mari incroyable, la carrière de mes rêves (à laquelle je reviendrai dès la fin de mon congé de maternité), la plus adorable des petites filles et, cinq minutes après qu'Isaac ait commandé pour nous, une assiette de délicieuses frites. Que demander de plus ?

« Elle a aussi le meilleur papa », dis-je à Isaac en lui tendant la main par-dessus la table.

Il entrelace ses doigts avec les miens et j'ai encore des papillons dans le ventre quand il me regarde comme ça. « Nous avons parcouru un sacré chemin depuis cette première fois dans les vestiaires », murmure-t-il, me faisant éclater de rire.

« Je ne voudrais pas que ce soit autrement », lui dis-je honnêtement. De cette première fois dans les vestiaires à la victoire des championnats, en passant par mon mariage, le début de ma carrière professionnelle et la naissance de Daisy, les quatre dernières années ont été un véritable tourbillon que je ne changerais pour rien au monde.

« Nous devrons l'inscrire à des cours de football dès qu'elle pourra marcher », plaisante Isaac, et je fourre une frite dans ma bouche avant de répondre.

« Pas besoin de leçons quand elle a un entraîneur comme papa », lui fais-je remarquer en haussant un sourcil. « Tu la feras taper dans un ballon dans la maison dès qu'elle pourra se tenir debout. »

Nous en rions tous les deux, même si l'image me remplit de chaleur. Notre voyage a été rempli de chaos, d'adrénaline et d'amour de la manière la plus incroyable qui soit, et maintenant que nous avons notre propre petite famille, je sais que l'avenir sera encore meilleur.

La fin.

Don't miss out!

Visit the website below and you can sign up to receive emails whenever St Jean publishes a new book. There's no charge and no obligation.

https://books2read.com/r/B-A-UNJIC-LRYYE

BOOKS2READ

Connecting independent readers to independent writers.

Did you love *Son sale entraîneur*? Then you should read *Rebondissant*[1] by St Jean!

[2]

Le livre le plus embarrassant que vous ayez jamais lu…

Acacia est une réceptionniste de salle de sport, excitée mais vierge, obsédée par le fait de regarder son patron bien membré faire ses routines de saut à la corde. Lorsqu'elle décide enfin de prendre les choses en main, ses tentatives de séduction infructueuses laissent beaucoup à désirer.

Callum essaie de maintenir des limites professionnelles avec la fille excentrique qui dirige son bureau d'accueil. Mais

---

1. https://books2read.com/u/4j7Dgo

2. https://books2read.com/u/4j7Dgo

lorsqu'elle franchit la ligne en premier, tous les paris sont ouverts et il va lui montrer ce qu'il est prêt à faire pour la garder.

Also by St Jean

Match impitoyable
L'homme méchant
Rebondissant
Son sale entraîneur

www.ingramcontent.com/pod-product-compliance
Lightning Source LLC
Chambersburg PA
CBHW061634130726
47996CB00003B/1280